反斗群英

10

深水埗王子

姜 C
超級笨蛋一名，無「惱」之人，但由於這股天生的傻勁，
令他每天也活得像一隻開心的猴子。

夏桑菊
成績以至品行也普普通通的學生，渴望快些長大。
做人多愁善感，但有正義感。

叮蟹
負面王，喜歡喃喃自語。

高手（139）
當年以 139cm 之身高，讓他成為全級最高的男生，
運動細胞良好，但學業成績正好相反。升小四時，又悄悄高了
10cm。（持續長高中⋯⋯）

張君雅
個性開朗豁達、永遠保持着樂觀笑容的陽光女生。

孔龍（恐龍）
班中的惡霸，恃着自己高大強壯的身形，總愛欺負同學。

黃予思（乳豬）

個性機靈精明，觀察力強，有種善解人意的智慧。但有點霸道，
是個可愛壞蛋。

蔣秋彥（小彥子）

個性溫文善良的高材生，但只有金魚般的七秒記憶，
總是冒失大意。

目錄

✧ 同學，請留意文中著色字呀！ ✧

第 1 章

高人一等的笨蛋

一直以來，高手也覺得自己像個笨蛋。

為何他覺得自己像個笨蛋呢？事件是這樣的：

小一和小二的時候，身型高大的高手，在班上已經是鶴立雞群。沒想到升上小三，度過了一個暑假回來，他又長高一大截，

達至 139cm 的新高點，比起同齡的男生平均高出一個頭！（還未説升小四之後又高了 10cm。）

記得有一次，跟同班同學並排站在一起拍全班合照，就算站在後排的他，已經偷偷屈曲了雙腿，努力希望令自己不那麼「奇峰突出」，但全班照內的他，仍是像凸出來的一座山。

也由於他的體型太出眾，不止一次有不認識的男生抱着籃球走到他面前問他：「你是籃球猛將吧？我們來鬥一場！」

高手總是這樣回覆：「我不懂得打籃球。」

那些前來挑戰的男生哈哈大笑，好像贏了波一樣囂張：「你看起來好像很厲害，原來只是虛有其表的啊？太令人失望了！」

高手每次都會吞下悶氣，聳了聳肩笑笑作罷。

日常生活也不好過。例如，有很多吃自助餐的餐館，也會用上身高去決定價錢，多數以 120cm 作為「兒童價」或「中童價」的分界線，當同年紀的同學仍是以開心兒童價用餐，他早已被收取中童價了，那個

價錢可是相差了一大截的啊！

　　他每次也覺得很慚愧，對媽媽說：「我們以後也不要吃自助餐了，我沒有優惠啦！」

　　媽媽總是很溫柔地說：「沒關係啦，我的兒子快高長大，我高興還來不及哩！」

　　「但是，收費很貴，很浪費錢啊！」

　　媽媽笑咪咪的：「那麼，你要多吃一點！」

　　是的，她就是那麼開明的媽媽，懂得安慰經常自怨自艾的他。

也由於自己的成長速度好像異於常人，在學校裏，他總覺得自己跟其他同學格格不入。

尤其，高手記得初到群英小學，由於他還未適應自己要去那麼遠的地方上學（他讀的幼稚園，從深水埗的家走過去只要三分鐘），開學第一天便遲到了，找到「小一甲班」，班上的師生已在上課中，高手只好硬着頭皮敲了敲門，本來鬧哄哄的課室頓時靜下來，全人類都把視線集中在他身上，令他頭皮發麻。

老師好奇地問他：「有甚麼事嗎？」

高手給老師弄糊塗了，尷尷尬尬說：

「我遲到了……我是來報到的。」

　　老師打量着他，一臉懷疑：「你是否走錯課室了？你是小三或小四學生吧？課室在樓上啊！」

　　「不，我今年升讀小一。」高手看看手上的入學證明表格，又探頭看看門外掛着的門牌：「是的，小一甲班。」

老師一臉驚異：「你叫甚麼名字啊？」

他拉一拉書包的肩帶，用細小的聲音說：「高手。」

老師以為男生正在開玩笑，他搞笑地回應：「我知道你長得高大英偉，也真像個很厲害的武林高手，但這位俠士總有個真名字吧？」

在全班三十名同學注視下，高手垂低了頭，聲音更細：「我的真名真的是：高手。」

老師查看一下點名冊，這才發現這位學生真的叫高手啊！他一陣訝異，又幽了高手一默：「高同學，你

的名字改得真好，讓人一聽便印象深刻，甚至一世難忘！你真要感謝爸爸媽媽啊！」

班上的同學再也忍不住了，哄堂大笑起來。

雖然，高手看似得到了讚許，但他卻很不開心的坐下來，給這樣一鬧，他好像變成了大家的笑柄。

開學遇上的糗事還不止一項，上完第三堂安老師的英文課，同學們都趁着小息去如廁或到食物部，高手在樓梯間又碰見了安老師，她捉住高手好奇地問：「對啊，你是不是留班生？」

「不是啊，我今年剛升上小學。」

　　「真的嗎？我剛才上課一直在猜想，你真像個讀小三的學生，我以為你連續留級兩年了，在想要不要替你補習一下。」

　　高手知道安老師出於好意，他哭笑不得：「謝謝老師，我會努力的。要是我真的不幸留級了，我會找老師幫忙的啊！」

所以啊，由開學第一天起，高手已經強烈感覺到了，這六年的小學生涯應該不會好過。

由於他身材奇特，名字也奇怪，很多同學也對他感到好奇，大家也問起他的事，最多人問的問題是：「為甚麼你父母替你改這個名字？」

他不懂回答，然後，問題便接二連三的：

你為何會長得那麼高？

你平時是吃甚麼的？

是不是有吃增高藥？

你爸媽的身高，是否也高人一等？

　　他還是不懂回答，只能以「我也不清楚啊！」笑嘻嘻帶過。當大家三番四次追問也得不到答案，慢慢就覺得高手很乏味了。

　　再加上他不太愛說話，也不會參與任何放學後的興趣班，遇上同學邀約他放學後或週末週日去遊玩，他總是一口拒絕。慢慢地，同學們就不大理會他了。

　　有一天小息，高手去食物部買零食，卻聽到在前面排隊的兩個同班同學的對話：「那個高手啊，真的以為自己是世外高人！所以才會看不起我們，不跟我們一同去玩吧！」

另一個男生說：「沒關係，他不加入我們，我們也不跟他玩！」

高手無意中聽到了兩人對話，心裏很不是味兒，他卻沒有上前解釋或**據理力爭**，反而是趁着兩人未發現他之前，趕緊轉身離開了食物部，完全沒有吃零食的心情了。

其實，他也知道自己給予大家他很不合群的壞印象，但他卻不打算跟任何人解釋原因。他在想啊，既然大家已誤解了他，那就不如繼續誤解到底吧！那麼，他也可以守住個「不可告人的秘密」，繼續**獨行獨斷**，做個真正高人一等的「獨行俠」了。

所以，高手一直和同學們也維持着疏離的交情。他在班中絕對不是受歡迎的人物，反而更像個怪人……不，連怪人也説不上，大家一定覺得他是個笨蛋，所以他也把自己當作笨蛋，那總沒問題了吧？

　　就是這樣，高手跟同一群同學度過了小一至小三，彼此也算是和平相處。卻沒想到，升上小四，居然會出現了無法想像的巨大轉變哩！

第2章

成為男班長的新挑戰

　　升上小學四年級之後，高手遇上很多奇人奇事，讓他大開眼界。

　　由於群英小學有很多學生隨着家人移民外國的緣故，學生人數不夠開五班，所以校方決定將小四班級進行縮班，由五班減成甲、乙、丙、丁四班，唯獨沒有了小四戊班了。

甲乙丙丁戊

所以，就像那些「人物大亂鬥」的遊戲一樣，學生被隨機編配到各班去。

高手由小三甲班跳到小四丁班去了；小三戊班的夏桑菊、蔣秋彥、姜Ｃ、叮蟹、黃予思和孔龍也來了小四丁班；小三丙班則來了一個張君雅；小三丁班則來了一男一女，分別叫仇仁和曾善美；另外，也有一個名叫戴日升的留級生；一大群新面孔出現了，令課室有種耳目一新的景象，也鬧出一大堆笑話。

開學日那天，當高手戰戰兢兢的踏進小四丁班課室，得知有很多同班幾年的同學已移民外國或轉校去了，陌生的課室加上陌生的面孔，令高手心裏產生了巨大的不安，只好馬上走過去跟幾個去年讀小三甲班的老同學打招呼。他看看圍坐在課室後方一眾新同學之中，居然有夏桑菊在內，他便故意用全班也聽到的聲浪揚聲：「哎啊！今年室內有很多怪人，應該是很倒霉的一年啦！」

　　其實，他心裏並不是真正這樣想啦，只不過，由於太多熟悉的面孔消失了，大家甚至沒有好好地道別呢！一想到彼此在將來的日子裏也可能沒有再見的機會，心頭洩氣的他，才會口出怨言吧。

　　可是，高手心裏也明白，「景物依舊人面全非」這種事，在香港每家學校也在發生，跟他有着同樣無奈心情的學生大概俯拾皆是，他便只好勸自己盡快釋懷了。

　　意想不到的是，班主任方丈老師編排座位後，夏桑菊卻被安排坐到高手身旁，得知同桌坐着個死敵，二人不情不願地坐下。夏

桑菊見到兩張貼合着的書桌，即時動手把
自己的桌子拉開來，高手見狀也把自己的
桌子再移開一點，這令兩張桌子中間出現
了一道大裂縫，好像大地震後的地陷，在
桌子排列得整齊的課室內格外顯眼。

　　究竟是甚麼事，令兩人不和的呢？

　　事發在去年，訓導主任西門崔雪發現
小三戊班的課室的窗子沒關好，可能會導
致班房滲入雨水。雖然，關窗子、清理班
房內垃圾、熄燈等都是值日生的職責，但
訓導主任覺得男班長夏桑菊和女班長蔣秋
彥並沒管好值日生，所以責無旁貸，

兩人除了被記缺點，更要去校務處門外罰
站，以示懲戒。

就在同一天，高手因累計上學遲到已
有三次，被叫去校務處，老師除了作出口
頭警告，更把他訓斥一番。

當他心情極壞的步出了校務處，忽然
見校褸前掛着「班長」襟章的夏桑菊和蔣
秋彥罰站在校務處外面的走廊，令他覺得
真是一個奇景。

小一時，高手跟夏桑菊和蔣秋彥同班
過，但由於彼此坐得很遠，三人根本不熟。
高手忽然記起今天有帶手機回校，便掏出
手機，趕快拍下一張。因為，班長也被罰

站的情景真的難得一見，
他忍不住要「打卡」啊。

　　他只是惡作劇，想要
偷偷拍一張照片而已，沒想到卻給眼利的
夏桑菊發現了，兩人便吵起來了，直至蔣
秋彥出言解圍。但他和夏桑菊之間自此便
有了心結。沒料到的是，升上小四，因縮
班的關係，三人居然會在小四丁班冤家
路窄，他跟夏桑菊更做了鄰居哩！

　　更讓他莫名其妙的是，一向不願參與
任何班務的他，被班主任方丈選為「男班
長」，讓他嚇了一跳。

　　小息時，他和被選為女班長的張君雅，

一同前去校務處領取「班長職責說明書」和班長扣章。

把印有「群英小學」的校徽和非常醒目顯眼的「班長」大字襟章扣在白色校服的胸袋前，他覺得很害怕。

看看有整整兩大頁的班長職責條約，上面列明了班長該做的事項，足足有十五項，讓他真的吃不消。

張君雅說：「高手同學，以後請多多指教啦！」

高手垂下頭看着這個生得矮細、但愛笑的女生說：「多多指教！但是，以後叫我小高吧，我最討厭別人喊我高手。」

我倒覺得高手這名字太帥了！

我覺得自己像個笨蛋就是了。

「好啦，我以後喊你小高啦。」張君雅高高興興地說：「我從沒想過會成為班長，太開心了！」

「我也沒想過啊！也不知是不幸還是極度不幸，要是班主任看了我過去幾年的成績單，大概不會把我看上眼吧！」

張君雅卻搖了搖頭：「我不會這樣想。」

高手很奇怪，用詢問的眼神看看這個第一天見面的陌生女生，她眼中有種頑石似的堅定，跟看似弱不禁風的她有種巨大反差。

張君雅用認真的語氣說:「成績好壞是一回事,有沒有責任感又是另一回事吧!就算考全級第一名的同學,做班長也未必勝任的啊!」

高手苦笑:

「但是……

我也沒甚麼

責任感啊!」

張君雅抬起頭笑看他:「我倒覺得你是個很盡責的人……嘻,看你一副想反駁

的表情啊！不用反駁了，那純粹只是我的感覺啦！」

高手只好把氣餒話吞回肚裏，揚揚手上的班長約章說：「那麼，希望我們也能成為評價不算太壞的班長吧！」

張君雅笑了：「好啊，但我們也要加倍努力，希望可以比起不算太壞，更好一點！」

高手給這個健談又開朗的女生感染了，他用力點了點頭，忽然之間，很期待自己能否擔當班主任交予的重任。

開學兩星期，被逼坐在一起的高手和夏桑菊，繼續**不瞅不睬**的，兩人的座位仍是相隔着一道隙，好像貼錯門神。

直至有一天，高手在小息時分去了校務處，替方丈老師拿一大疊學校通告回課室，當他捧着厚厚的紙張，眼看尚有幾步就會回到課室，一陣怪風來襲，將最上面的十幾份通告吹起，散落在走廊上。

正站在四樓的欄杆前，觀看着男生打籃球的夏桑菊，遠遠見高手掉滿一地的通告，眼見隨着猛風在走廊地板上不斷翻滾，有兩份文件快要穿過欄杆飛出半空，夏桑菊眼明手快地俯身撿了起來，連同散

落在地上的幾份，他疊好了走到正蹲着身子在撿着其他文件的高手面前，把幾份放到上面去，便一言不發的轉身去了，繼續看球賽去了。

高手在夏桑菊面前出醜，沒想到夏桑菊不單沒嘲笑他，更出手相助，高手看着他望着操場的身背問：「喂，你為甚麼要幫我？」

夏桑菊別轉過身去，用冷淡的聲音地説：「你別誤會，我不是幫你，我只是幫方老師吧了！否則，有幾張通告在學校裏像仙女散花似的在半空飄落，方老師也有可能被怪罪吧？他遷怒於你也很正常的吧？你沒聽過一句老話嗎：別得罪方丈！」

高手也知道夏桑菊**所言非虛**，這位新來的班主任可說不得笑啊。他經常把上堂說話的同學趕出課室罰站，若是身為班長的他把文件弄得滿天飛，應該會被滿門抄斬吧？

所以，高手向夏桑菊道謝一句：「謝謝你啦，無論如何，你真有可能救了我一命。」

夏桑菊聳聳肩，娓娓道出自己的經驗之談：「我去年也做過班長，遇上了類似的事。撞過幾次板，我學會了用雙手捧着文件，但會用下頜頂着它們，免得紙張飛滿天。但你長得比較高，重心不穩，所以我

會建議你拿一個筆袋壓在最上面，那就能夠防止紙張隨風而逝了。」

高手覺得這個提議真好，他甘拜下風：「好的，我會試試看。」

趁着下一輪大風偷襲之前，他急忙把文件護送到課室裏去了。

這一天，兩人仍舊沒説話。但翌日早上，比起夏桑菊更早回到課室的高手，看着兩張隔了一大段距離的書桌，他忽然看不慣，便動手推動了桌椅，將書桌拼合在一起，感覺順眼得多了。

就是這樣，高手和夏桑菊便言和了，兩人交談多了起來，笑容也多起來了。

第 **3** 章

怪怪的新同學

時光快得像外星人的 UFO，一眨眼之間，開學已有兩個月．．同學們也都完全適應校園生活了。

陽光普照的早上，姜 C 衝進小四丁班課室，跑到黑板前跟大家説：「各位同學，我有一件大事要宣佈！」

夏桑菊正為第三堂英文課要背默〈Magic Cat〉而苦惱着，他知道姜 C 是個大嘴巴，一回到課室便會喋喋不休，説

話沒完沒了的，只好大聲地喊：

「BB，你快些宣佈那件大事吧！然後，給大家安安靜靜唸書啊！」

全班同學也在挖盡腦袋背熟課文，可不想聽姜C長篇大論。他們異口同聲催促：「對啊，我們也緊張得快瀨尿了，你告訴我們吧！」

姜C眼見群情洶湧，大家也很關心他的「大事」，絕對不會「大事不好」，所以他一臉興奮地說：「各位，我要當上廣告明星了！」

眾同學滿以為姜C在說笑，不，這樣說不夠準確，只因天馬行空的姜C，腦袋

裏永遠不知道裝着甚麼，他口中所説的「我要當上廣告明星了」，或許只是他昨晚發的一場明星夢，又或是他背課本背到精神錯亂了，像個笨蛋在自言自語。

夏桑菊倒是給姜 C 挑起了興趣，問他發生何事，姜 C 説：「這是一個要用上『反斗群英』整整一集才能説完的長篇故事啊！」

一眾同學嚇得魂飛魄散，差點要逃出課室保命！夏桑菊急急地説：「BB，不用那麼詳盡啦，你可試試説一個 150 字的濃縮版本嗎？」

姜 C 用手托着一邊腮，

想了大概五秒鐘，精靈地說：「不用 150 字啊，我用 15 個字便說完：『我太帥了！所以當上廣告明星了！』」

　　這天又是沒梳頭的叮蟹，數着手指喃喃自語：「笨蛋！根本就沒有 15 字，扣除了標點符號，只有 13 字啦！」

　　夏桑菊真想知道多點關於這位未來廣告巨星的事，本來想問姜 C：「這也太簡約了吧？可不可以說得詳細一點？」但他隱約感受到四周傳來同學們怨恨的目光，只好改口說：「BB，我真是恭喜你啊！」

姜C十分高興，給了夏桑菊一個「心心」的手勢：「小菊，感謝你滿滿的祝福，我都接收到了啦！」

夏桑菊急急打完場：「好了，開心的日子過得特別快，又是時候講拜拜！你也要快些溫習，否則等一下會成為『被罰站出課室門口的明星』啊！」

姜C張圓了嘴巴，莫名其妙地問：「溫習甚麼啊？」

原來，姜C居然完全忘記這天要背默

〈Magic Cat〉這回事了！他驚嚇得把十隻指頭放進嘴巴內，趕緊開始背書，他真是個徹頭徹尾的笨蛋啊！

坐在夏桑菊鄰座的高手，這次真的忍不住問夏桑菊：「對啊，你為何會叫姜 C 做 BB ？」

夏桑菊甜蜜一笑：「姜 C 説，大家都喊他姜 C，但由於我是他最好的朋友，B 在 C 前頭，所以只有我才可以喊他 BB，其他人可不能這樣叫的啊，否則他不會回應的啊！」

「原來如此！」高手恍然大悟：「我沒其他問題了，大家快溫書吧！」

兩人繼續埋首進課本去了。其實，高手心裏很羨慕夏桑菊有這麼要好的朋友，他一直也

找不到一個可以視之為「朋友」的人哩，當然，也不會有人喊他 BB。

到了英文堂，同學們出盡渾身解數，將背得滾瓜爛熟的〈Magic Cat〉，在試卷上疾筆而書。當尤敏老師叫眾同學停下筆來，大家終於大大鬆口氣了。

尤敏老師說：「你們跟坐在旁邊的同學對調試卷批改一下，然後再交由我評分吧！」

夏桑菊打開課本一字一字核對，他滿以為高手應該考得不錯吧，沒想到他尾段漏空兩句，該是完全忘記了吧，所以只能僅僅及格。而夏桑菊也不比高手好上多少，只有六十五分。

兩人把試卷交回對方，神情都顯得無可奈何。尤其，自己的成績由對方批改，彼此表現差勁的一面便無所遁形，情況滿尷尬的。

夏桑菊只好找點話說：「我們的記性都不算太好啊！」

高手也自嘲一下：「對啊，聽說有人有『過目不忘』的能力，我的更厲害了，我有過目『則』忘的超能力。」

夏桑菊苦笑：「我就是『忘掉的比起記起的還要多』⋯⋯哈哈哈，好像一句不錯的歌詞！」

這時候，坐在姜Ｃ旁邊的孔龍發出一下驚呼，驚呼中又包

含着氣憤：「甚麼？姜Ｃ，你居然全篇沒一個錯字？拿到100分了？」

這一驚，驚動了全班三十名同學！

姜Ｃ明明就是剛剛才知道要背默，只背了短短半小時不到的吧？卻比起他們這一群埋首苦讀但默得一塌糊塗的同學，他完美示範了甚麼叫「遲來先上岸」。

姜Ｃ看着四周目瞪口呆的目光，他不

明所以地説：「這一課實在太容易了，很難拿不到高分啊！大家也拿到 100 分，我説得對嗎？」

孔龍怒吼一聲，看來又要揍同學了，但他瞧見尤敏老師正瞪眼看他，只好縮縮頭頸作罷。

高手倒抽一口涼氣，又對夏桑菊説：「我一直以為姜 C 是笨蛋，但恐怕看錯了他啊！」

夏桑菊平心而論：「不，你的眼睛是雪亮的，沒錯他真是笨蛋！但他的記性卻也特別好，就是你口中『過目不忘』的那種人啊！」

高手亦不禁讚嘆：「原來，高手在人間！」

第4章
做班長的煩惱

上午七時多，正是學生上學的高峰期，各種交通工具上也塞滿了趕着回校的學生，高手也是其中之一。

由於高手上車的深水埗港鐵站，是屬於路線中的中途站，一上車已擠滿了人，能夠搶到座位的機會微乎其微，所以他早已習慣站足整個車程，並且練成了緊握扶手也能打瞌睡的奇技了。

帶着睡意的回到學校，又撐上了四層樓梯，才回到小四丁班的課室，當他才剛放下書包，張君雅呼喊他：「小高，英文老師要我們去取一些教材，在上課前預先派發給大家，我們快出發吧！」

　　仍在微微喘氣、正準備坐下來休息一下的高手，真想開口拒絕啊，但他也知道自己是男班長，幫忙老師是份內事，只得跟隨着張君雅走出課室了。

　　兩人並肩行落樓梯，張君雅斜瞄一下高手，只見他鼓起腮幫子，一臉也是生氣和無奈，她便直接問：「小高，你今天怎麼愁容滿臉啊？」

「我剛走上了四層樓梯，沒想到馬上又要走下四層樓梯，回到地面的校務處！」高手一旦訴苦就停不下來：「況且，拿到教材之後，我們又要再返回四樓！我這一個早上撐十二層樓哩！」

張君雅呵呵大笑。

高手更生氣了：「我以為你關心我，才會問起我的事，沒想到你會幸災樂禍哩！」

　　張君雅收斂起笑意，老實地説：「我見你睡眼惺忪，沒想到你的腦袋仍會如此精密，算術題全對嘛！」

　　高手哭笑不得：「這到底是在稱讚我、還是在挖苦我呢？」

　　在校務處裏，從老師手上接過一大疊補充練習本，高手終於明白老師為何要請兩位班長幫忙了，老師一個人真的很難把這疊練習筆記抬上課室吧。

　　高手見張君雅兩手拎着沉甸甸的筆記

本，顯得非常吃力，步行得一抖一歪的。她是全級最矮小的女生，氣力大概也比其他女生小，所以高手還是忍不住出手幫忙，沒等張君雅答應，便不容分説地從她手中取過一大疊沉重的筆記，張君雅的負擔即時減輕不少。

張君雅很不好意思，趕緊要推辭：「這不太好！你拿的太重了！」

高手看看雙手捧着滿滿的筆記，輕鬆的告訴她：「我應該替你多拿一些，否則，若是同學們見到了，一定會覺得我在欺負你的吧？」

張君雅訝異：「誰會這樣想啊？」

高手妙問妙答：「誰也會這樣想的啊！」

高手看看在走廊上幾個正好跟兩人擦身而過的男生，眾人古裏古怪的眼神也像在告訴他，這一對『電橙柱掛老鼠箱』的組合，真的異常矚目！

老實說，班主任方丈挑選了全級最高的他，和全級最矮小的張君雅當上男女班長，整件事就是充滿了喜劇感，令人忍俊不禁。

張君雅透過迎面而來的幾個男生的眼神，猜到了高手的想法：「哦，原來你介意別人的目光啊！」

高手聳了聳肩，神情也不是不無奈的：「很難不介意吧？我這人的缺點就是長得像一堵牆，總會被人誤會是小六生！你站在我旁邊，已經足夠令人覺得我在欺負你了！」

張君雅怔呆了半晌，又是哈哈大笑，好像一點也不介意被稱為「高矮配」。高手對她不禁另眼相看，這女生的性格真夠豁達開朗啊！

步至三樓樓梯，高手雙腿痠痛，他決定將藏在心裏很久的問題，問問張君雅的意見：「小雅，其實你有沒有想過，向老師提出辭職，不再做班長？」

「對啊，由開學至今，我們已做了兩個多月班長，但班主任好像一直沒有換新班長的意思，所以我想辭職不幹啦！」

　　張君雅眼珠子精靈一轉，簡單直接地說：「我倒不這樣想，難得有機會擔任班長一職，真是個非常難得的體驗。雖然，做班長也不是不辛勞的，有時連小息、午飯時間也不能好好休息，但一想到可以減輕老師的工作量，也可以為同學們服務，心裏還是覺得很高興。況且，誰也不知道以後有沒有機會再被任命為班長，可能僅此一次的啊！」

　　張君雅長長的一番話，每句話都說到高手心裏去。

　　是的，做班長既要管理班級事務，要負責點算功課簿，填寫欠交功課學生的名單，亦要將收集好的功課簿交到老師指定的地點，同時又要維持課室秩序，甚至監督值日生完成工作等等……他就是嫌做班長既辛苦又麻煩哩！

　　可是，聽見張君雅一番充滿正能量的話，讓他十分受落。說老實的，做班長累死人了，但其實他也慢慢地感受到自己的重要性，不滿總算減低了不少。

　　返回小四丁班課室，將筆記派發給各

同學後，高手終於可坐下來好好休息。突然之間，他聽到張君雅向班裏的同學詢問：「請問大家，孔龍同學回來了沒有？」

這天早上，沒一個同學見過孔龍，在他的座位前也見不到書包，該是遲到或缺席吧？

蔣秋彥代為回答：「孔龍還未回來。」

今天又是沒梳頭的叮蟹，緊握着兩個拳頭，用悲痛的聲音說：「也許，孔龍永遠回不來了！」

眾同學用生氣的眼神瞪向叮蟹，叮蟹理直氣壯地說：「我只是說出了有可能發生的事實！這個世界不是有預言家這回事的嗎？我在作出預言啊！順帶一提，預言即將有外星人襲地球，地球一半人會死掉，所以我們生存的機會只得五成！」

幸好孔龍的好朋友呂優已去了英國留學，否則，呂優真會代替孔龍，追打叮蟹的吧！

這時候，張君雅走到黑板前，拿起粉刷便擦起黑板來。高手再看看黑板右下角寫的本日值日生編號，頓時明白過來。

原來，張君雅眼見上課時間快到了，但這天要當值日生的孔龍卻還未回校，身為女

班長的她，眼見黑板畫滿了同學們的卡通畫，只好替代孔龍，擦起黑板來了。

否則，五分鐘之後，當班主任方丈老師踏進課室，瞧見被同學們用各色粉筆塗得七彩繽紛的黑板，一定會非常生氣，把全班同學也罰站出課室門外吧！

由於身高所限，張君雅擦走了黑板下方至中段的畫，即使踮起腳尖也擦不到黑板上方的圖畫。高手眼見張君雅那麼努力，心頭一陣慚愧，趕忙跑到她身邊去：「剩下來的，由我來完成吧！」

張君雅笑起來：「太好了，我正想找一把雲梯，現在不用啦！」

「我本身就是一把雲梯啦!」高手挖苦一下自己:「我們是好拍檔,當然要互相幫助!」

「小高,謝謝你。」

高手揚起手臂,很快就把黑板最上方的小丸子、屁屁偵探和哥斯拉的大頭肖像擦去了,他拍一拍雙手,這對他來說也真是輕而易舉的事吧。

高手坐回座位去,看見花花碌碌的黑板重新變回乾乾淨淨,有種耳目一新的感覺。他忽然覺得,雖然他一直埋怨自己的身高帶來麻煩,但也有大派用場的時候,他忽然有種奇怪的感動。

當然，他沒有把這種興奮之情展現出來，只是忍不住在偷笑。坐在他鄰座的夏桑菊好像察覺到了，斜着眼用「這個笨蛋在笑甚麼啊」的表情看他，高手想忍住笑意，但兩邊嘴角彷彿牽得更高了。

　　哎啊，給別人發現他的沾沾自喜，他真是個笨蛋啊！

放學後，三個不用搭校車回家的男生，興奮商量着去哪裏玩一下，當大家説得興高采烈，一個男生問正在執拾書包、準備離開的高手：「高手，我們去學校附近的球場打籃球，你去不去啊？」

　　高手搖了搖頭：「我不去了。」

　　「少了你這個高人，我們鬥不過鄰校的男生，應該會輸掉的啊！」

　　高手安慰大家：「不會啦，我打籃球的技術很差勁，你們加倍努力，可能會贏呢！」

　　男生繼續游説：「不去打籃球，可以打羽毛球啊！」

「我不懂打羽毛球啊！」

另一個男生也想說服高手，「那麼，我們也可以不打波，去商場逛一會，新開的那間玩具店，好像有 Pokémon 卡機玩的啊！」

高手不得不直接拒絕了：「我放學後有事要做，你們玩得開心點，拜拜。」

眼看着高手拉起書包的肩帶，走出了課室，兩個男生不禁失望極了，一直冷眼旁觀、默不作聲的第三個男生此時才開口：「我一早勸過你們，不用找高手的啦！我跟他同班三年，他沒有一次肯跟我放學後去玩。很多同學也試過相約他週末週日去逛街，但每次也會被他斷然拒絕的啊！」

兩個男生不約而同地作出批評：「高手一定是瞧不起我們吧！我們以後要杯葛他！」

這句話剛好給離開課室的夏桑菊聽到了，他不禁搖搖頭，低喃一聲：「真是無藥可救的笨蛋啊！」

走在身邊的姜C點頭認同：「是的，也許我真是個笨蛋，但我總覺得自己可找到解藥，因為有人已發明了一種叫『聰明丸』的藥，在『逃寶網站』有售！」

夏桑菊知道姜C對「笨蛋」這個詞語感同身受，所以便誤會了，他也懶得解釋，決定糾正自己的説法，正確的説法是：

真是一群無藥可救的笨蛋啊！

第5章

深水埗王子

　　假日的深水埗非常熱鬧，最多人聚集的就是兩個大型電腦商場，以及以販賣各種電子產品的鴨寮街。

　　高手媽媽的檔子，就是開在鴨寮街之內。但檔子位置接近街尾，與港鐵站出口有一大段距離，所以人流不算太暢旺，但即使如此，高手媽媽仍是在每天早上十一時正準時營業，免得讓有心光顧的顧客摸門釘。

　　不用上學的日子，高手也睡得比較晚，但縱使如此，他仍是會自動自覺跳下床，跟媽媽一起去開檔。

　　媽媽老是説：「小手，你多睡一會啊！」

　　高手老是回應：「已經多睡了兩小時啦！真的睡不到啦！」

　　真的，就讀西環區群英小學的他，從深水埗的家乘搭四十多分鐘的港鐵到西營盤站，再步行五分鐘的斜路才能回到學校，這使他每天早上七時半必須出門，否則就無法趕及在八時半打鐘前回到學校了啊！

　　由小一至小三，習慣賴床的他，有多次上學遲到的紀錄，但自從小四成為男班

長以後，他每天也準時起床，沒有再遲到了，因為班長條約裏也有寫明了：「班長要為各同學樹立好榜樣」，他時刻也記住要嚴格遵守。

兩母子在十時半回到寫着「高記」的檔子前，由於兩邊的攤檔還未開，街上的人流很稀疏。高手看看面前那個好像直立着的巨大鐵箱，他擦了擦雙手，對媽媽笑說：「來吧！看看我們能否打破開舖的最快紀錄吧！」

媽媽咪咪嘴笑，順應着說：「好啊！儘管試一下啊！」

然後，媽媽用鎖匙打開了大鐵箱的鐵門，只見裏面塞得滿滿的都是貨物。但高手第一時間取出的，卻是藏在鐵箱內的四條長鐵枝，用上他 149cm 的身高，不必踮高腳尖，只要伸高手臂便可以輕而易舉地把鐵枝插在鐵箱子上方，然後在鐵枝上放上幾個掛鈎，將跟手機有關的貨品，如藍芽耳筒、外置充電器等一一掛上去，令鐵箱子有如「變形金剛」似的，不斷地向外延伸。

而個子不高的媽媽，則負責在鐵箱四邊的格網上掛起各種品牌和型號的手機殼。

在兩母子充滿默契的合作下，將一個鐵箱子化零為整，迅速變成一個擺滿貨品的攤檔。

一切準備就緒，高手再看看手錶，不禁喝一聲彩：「我們只用了十八分鐘就開檔成功，今次又破了紀錄！」

媽媽正用乾布拭擦着手機殼盒的灰塵，她也高高興興：「真好，可以提早開檔啦！」

高手看看逐漸多人的鴨寮街，有幾個檔主這時才施施然準備開舖。雖然，這些街邊檔並沒有固定的營業時間，但俗語説「早起的鳥兒有蟲吃」，只要早點開檔便會有多做幾單生意的機會，所以有假期的日子，高手一早從床上跳起來，表現得非常起勁。

高手關心地問:「媽媽,你的腰痛好了沒有?要不要回家休息一下?」

媽媽用手心拍拍腰背,一副沒事的模樣:「老毛病啦,但比起上星期好得多了。我先看一陣子檔,下午才去找跌打師傅複診。」

高手稍稍放心下來。媽媽的腰痛不是一朝一夕的問題,每天長時間留在這個小檔攤裏,再加上日曬雨淋的,生病的機會當然比別人多。

高手正想叮囑媽媽幾句,但一個老伯伯正好走到檔子前,詢問有沒有 S 字品牌的電話殼,

高手便忙着招呼，正式開始一天的工作。

　　由於高手平日要上課，開舖的任務只能由媽媽一個人坐鎮，接着她要獨自看舖老半天。就算高手放學後馬上趕回深水埗，也要四時半才回來接替媽媽，讓她回家好好休息一下，而他則會準時七時正關舖，然後拖着疲倦的身軀回家去。

　　這就是高手為何在放學後必須火速離開，無法參與任何課外活動，週末週日也不能跟同學相約去逛街或打球，他也有自己的苦衷。

　　或者説，那就是他「不可告人的秘密」了吧！

下午三時多，經過高手多番催促，終於勸服腰背痛的媽媽去看跌打了，剩下他獨自看舖子了。

回想兩年前，媽媽很不放心讓他一個人看舖，怕他一個小朋友會被欺負，但隨着他長得愈來愈高大，在售貨方面也表現得有板有眼，她慢慢便放心了下來，讓他主理舖子。

老實說，高手最開心就是自己一個看舖子，因為舖子空間有限，他總會把舖內僅僅可放得入的一張高腳櫈讓座給媽媽，而自己則站在舖前向路人落力推銷：「請問要找哪個型號的手機殼？」、「各大平板電腦的保護殼也有售，要哪型號？」在炎炎夏日之下，

乾站幾個小時叫賣可不是説笑的。所以，
媽媽離開後，他獨自坐在高腳枱上，開動
着一台小風扇送風看舖，已經心滿意足了。

這一天，路過舖頭前的人流很多，但多數人也是問了商品的價錢便離開了，實則會購買的人連十分之一也沒有。

六時過後，天色慢慢灰暗下來，街上的人驟減，但高手謹守着媽媽定下的收舖時間，準備待到七時正才收舖。

當他剛送走了一位購買了兩枚外置充電器的大叔，正想又揚聲：「需要任何手機配件，請開口問我！」忽然之間，在檔口外的路人之中，他看見一個眼熟的人，讓他即時閉上了嘴巴……是女班長張君雅！

　　高手第一個反應，居然就是想躲藏起來。但由於舖子面積太狹窄，他也不知躲哪裏去！所以他急中生智，馬上轉過身去，面向着舖內格網上的貨架，裝作正在整理手機繩，不讓張君雅發現自己。

　　「請問一下，有沒有賣外置記憶卡？」是張君雅的聲音。

　　高手心裏苦笑一下，是禍躲不過啊！他不得不硬着頭皮轉過身去，跟張君雅打個照面。

　　張君雅一臉意外地瞪着高手，高手用待客以誠的標準笑容回答：「有啊，張同學，

我認得你的聲音！想要哪個容量
的記憶卡？」

　　張君雅跟高手興奮打招
呼，又把他介紹給在她
旁邊的爸爸，看上去很
老實的張爸爸，得知高

手是女兒的同班同學，更是男班長，一臉
欣賞的看着他。

　　張君雅叫爸爸把剛才在電腦商場內新
買的智能手機拿出來，詢問高手意見：「這
個手機，用哪個容量的記憶卡比較好？」

　　高手只看手機一眼，便知道是哪個型
號的智能手機了，他如數家珍地說：「由

於這款手機的內置記憶體不高，我提議最好使用容量較大的外置記憶卡，否則經常換卡會很麻煩。這手機型號最大可支援1TB，亦即是 1,000GB，足夠安裝很多手機軟件，可存 25 萬張照片、80 套電影也沒問題。」

張爸爸覺得眼前這個跟女兒同年紀的小男孩太厲害了，即場決定光顧。除了購買了記憶卡，更買下了手機殼和請高手貼手機保護膜，替高手一舉帶來了三單生意，他當然給了張爸爸一個優惠價啦。

後來，張爸爸在鄰近的店舖搜購拖板，張君雅跟高手再談幾句，高手告訴她：「我

從未試過在這裏遇上同學，你是第一個！」

張君雅感謝説：「幸好遇上了你，否則我那個對手機配件一竅不通的爸爸，若不是買貴了，就是買錯了吧！」

高手的神情看似難以啟齒，他突然提出一個要求：「其實，我想説的是……你可不可以不要把今天遇上我的事告訴任何人呢？」

張君雅莫名其妙，她猜想：「你不想讓同學們知道你在這裏看舖？」

高手抬眼環視了鐵皮檔一眼，嘆口氣：「對啊，這是我媽媽的檔子，但我不想讓大家知道。」

張君雅揚起了一邊眉。

高手決定對她完全坦白：「要是給別人知道我從不肯跟大家放假去玩、也不參與任何課後活動的原因，原來是要趕着回去幫家人看檔子，他們對我的想法便不同了。那不如讓大家繼續誤會我是個性格高傲孤僻，不合群、很討人厭的同學就好了。」

　　張君雅忍不住問：「家人做商販，令你不開心嗎？」

　　「不，不是這樣的……我很尊敬媽媽，也以她為傲。」高手說出他真正在擔心甚麼：「但別人卻不這樣想，他們叫能會取笑、可能會同情，但這些也不需要啊，我只想保護媽媽而已。」

　　這時候，張爸爸遠遠揚聲叫女兒要離開了，張君雅對高手説：「我明白了，我甚麼人都不説，會替你保守秘密的。」

　　「謝謝你。」

　　在夕陽映照下，目送着張君雅兩父女遠去的身影，高手覺得很羨慕，他從來也沒有父子同行的機會。

第**6**章

被揭露了的秘密

　　兩天的假期轉眼便過去，又是一個星期之中最疲累的星期一。

　　高手在家裏吃了媽媽做的火腿通粉早餐，回到學校仍覺得肚餓，只好先到小食部買一枝維他奶填肚子。

　　當他站在操場旁喝維他奶，觀看着一群男生鬥球時，同班的叮蟹忽然走到他身邊去，邊咬着燒賣邊對他說：「高手，你的舖頭裏有沒有『小新和小白』的限量版手

機繩？我姐姐說她到處也找不到啊！」

高手當堂呆住了，只能回答說：「沒有。」

「那麼，『小新』露出屁股的手機殼呢？我姐姐用的是 i 字品牌子的手機。」

高手更無奈了，苦笑：「也沒有。」

草草打發了叮蟹，高手的心情落到最低點，頹喪得連手上的半枝維他奶也沒胃口喝

下去。他踏着沉重的腳步走上樓梯，每踏上一層梯階，高手心裏的氣憤也像再疊加一層，他愈走愈慢，也愈來愈難受。

要是有可能，他真想掉頭而去啊，馬上離開學校，那麼他也不用再見到張君雅，他也可以遠離一切麻煩了。

這時候，傳來了打鐘的聲音，要開始上第一堂了，高手只好硬着頭皮回到小四丁班課室。

他看見坐在第一行的張君雅，正埋頭讀着今天將會舉行的數學科小考。她偶然抬眼看見高手，向他親切地打招呼：「小高，早晨！」

　　怒氣沖沖的高手，不瞅不睬的路過了
她面前，繃緊臉的回到自己的座位，把書
包重重拋到地上去，張君雅轉頭看他，一
臉莫名其妙。

正在努力記熟各種數學公式的夏桑菊，看看臉色黑沉得像死神的高手，斜瞪着他笑問：「數學還未考，你已經未卜先知，預知自己會拿零分了嗎？」

高手卻對夏桑菊所開的玩笑全無反應。這時，孔龍走過來高手的桌前，興趣滿滿地問：「我老媽的手機出了故障，可不可以找你幫忙？」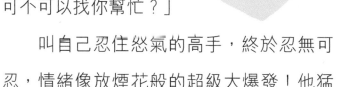

叫自己忍住怒氣的高手，終於忍無可忍，情緒像放煙花般的超級大爆發！他猛

地站起身來，走到張君雅的座位前，非常
不禮貌的敲敲她的桌子，用非常陰沉的聲
音說：「你出來一下。」

張君雅只好尾隨高手步出走廊，一走
出課室門口，高手已忍不住了，向她即時
大興問罪：「你不是答應我會守秘密嗎？為
甚麼要把我媽開舖的事說出去？」

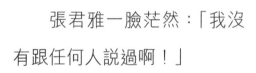

張君雅一臉茫然：「我沒
有跟任何人說過啊！」

高手對她的話根本聽不
入耳，只顧一直在責罵：「我
遇上了你真的很不幸！現
在，大家也來找我麻煩了！」

張君雅知道發生何事，她的神情愈來愈平靜，聲音也冷靜下來：「只要是我答應過別人的事，說到的便會做到。小高，你真的誤會了。」

　　就在兩人僵持之間，班主任方丈從長廊的一端出現，正慢慢步過來。高手知道無法繼續對質，只能盯了張君雅一眼說：「算了，你不用否認了，我對你很失望！」

　　然後，高手搖一下頭，便轉身回到課室去了。張君雅也只能沉着氣返回課室裏，正式開始上課。

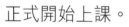

小息時分，夏桑菊用神秘的聲音對高手說：「小高，跟我一同去小食部吧。」

　　「甚麼事呀？」

　　「我想請你飲汽水和吃熱狗。」

　　高手心情很差，無精打采的：「我不餓。」

　　夏桑菊推一下高手的後肩，彷彿要說服他：「總之，你跟我來吧！」

　　高手見大半班同學也離開了課室，張君雅也不在座位裏，他便給自己喘口氣，跟着夏桑菊出發了。

　　兩人一同走到食物部，高手滿以為要去櫃檯，沒想到夏桑菊卻把他帶到一張檯

子前，只見坐着蔣秋彥、姜C、叮蟹、黃予思和孔龍，還有他最不想見到的張君雅。

高手即時沉下臉，正想轉頭就走，夏桑菊卻從後搭着他雙肩，把他用力壓落一個空座位上。

在座的各人神情凝重，好像在召開甚
麼秘密會議。夏桑菊坐到高手身邊，向他
道明來意：「我剛才去課室門口丟垃圾時，
不小心偷聽到你和張君雅的對話，其實，
那真是一場誤會啊！」

眾同學不約而同地點頭，彷彿想證實
夏桑菊的話值得信任。

高手摸不着頭腦，冷冷地問：「誤會？
誤會甚麼了？」

夏桑菊撞撞坐在他另一邊的姜C，對
姜C說：「BB，快把真相告訴小高！」

姜C的神情不情不願的，他看看坐着
也比他高上一個頭的高手，賣口乖地說：

「呵呵，真相就是⋯⋯你像一棵大樹，更是老榕樹，你一定會長命百歲呢！」

夏桑菊見姜C問非所答，用力一捏姜C的手臂肉，令姜C發出一下哀鳴，只得用哭音對高手説：「你在深水埗看檔子的事，其實，是我講出去的啦！」

高手張大嘴巴，完全不懂反應。

昨天下午，姜C帶着他的狗狗Anson，跟爸爸一同前去深水埗的電腦商場。

　　由於有一隻打拳的體感新遊戲推出了，他那個天真可愛的爸爸，老是妄想只要跟着遊戲人物的動作揮拳，就能夠達到健身減肥的效果。

　　聰明得如他的兒子姜C，當然不會告訴爸爸，爸爸那個西瓜般大的大肚腩，大概得減上三四十年才變成小肚腩吧！

　　買到遊戲碟之後，兩父子順道走到鴨寮街的路邊攤逛逛。因為遊人實在太多太擠逼，狗狗Anson無法在地上走動，否則會被踩扁成狗餅！姜C只得像抱初生BB般抱着

牠，Anson 很快疲累得在姜 C 懷裏睡去了。

行到半路，姜 C 忽然見到甚麼，他嘩一聲叫了出來。

爸爸奇怪地説：「你見到明星了嗎？」

「爸爸，你真是個笨蛋啊！你兒子不就是明星了嗎？我見到的是同班同學！」

滿街都是人頭，爸爸問：「誰啊？」

「就在寫着『高記』的攤檔前，那個高得像一枝燈柱的男生。」

爸爸看看姜 C 指向的方向，那是一個鐵皮街檔，販賣跟手機有關的產品。一位看似很慈祥的中年女人坐在攤檔內，而一個小

男生則站在攤檔前賣力推銷貨品。

「哦，見到了！我倒覺得他像一棵老榕樹！咦，為甚麼你同學長得那麼高，你卻像個矮瓜？」

姜C感嘆地説：「也許家人沒有給我足夠的食物和營養，令我發育不良吧！」

爸爸點頭表示同意：「也有這個可能！我一向覺得，做父母跟做司機一樣，應該要去考牌！」

這時候，有個女人拿着手機走向高手，跟高手説要買甚麼，高手行動飛快的從掛架拿下一個手機保護貼的盒子，即席替女人的手機貼上保護玻璃貼，整個過程

不用一分鐘，乾手淨腳的，女人付錢後便滿意離開了。

姜Ｃ兩父子遠遠看到這神乎其技的一幕，爸爸對姜Ｃ說：「嘩，你的同學真是個高手啊！」

姜Ｃ給爸爸嚇壞了：「我決定收回『爸爸，你真是個笨蛋啊！』那句話。爸爸，你怎麼聰明得知道我的同學叫高手的啊？」

爸爸完全不明白這個笨蛋兒子在說甚麼：「那不是顯而易見了嗎？對啊，你快去跟這位高手同學打個招呼吧！」

姜Ｃ也正準備這樣做，可是，他忽然覺得Ｔ恤上濕了一大片，低頭一看，原來在

他懷裏睡得很舒服的
Anson，全無預警的撒了一
泡尿，讓他慘變淚人……不，
是尿人。欲哭無淚的他，只好
馬上跟爸爸回家處理，無法跟高手打招呼囉。

　　翌日早上，當姜C回到學校，跟夏桑菊、
蔣秋彥、叮蟹、黃予思和孔龍等一大群同學
如常地在食物部吃早餐，記起昨天的奇遇，
告訴大家：「大家知道嗎？原來，高手的媽媽
在深水埗鴨寮街開手機檔舖，高手更是個張
貼手機保護貼的超級高手！還有的是，高手
跟他的媽媽長得就像親生母子一樣！」

　　孔龍瞪大眼，驚喜地説：

「高手為何不早説啊？我有很多關於手機的事，以後要向他賜教啊！」

　　　　　　蔣秋彥也很興奮：「我媽媽正為祖母找一部有追蹤定位功能的手機，方便祖母跟家人保持聯絡，希望高手幫得上忙吧！」

　　叮蟹緊握拳頭，又想到甚麼負面的事，咬牙切齒説：「高手太自私了！他一定暗中炒賣手機，十歲已變成億萬富翁！做學生只是他用來體驗人生的一種遊戲而已！」

　　坐在高手身旁已有兩個多月的夏桑菊，也對高手家裏開手機舖這件事聞所未聞，他的評語是：「真人不露相，露相非真人啊！原來，高手在人間，還要坐在我隔鄰啊！」

　　黃予思對同學的家事可沒甚麼興趣，她只是提醒大家：「不是每個人也愛把自己的家事大事宣揚的吧？高手會不會不喜歡別人提起啊？」

　　孔龍太興奮了，他居然代答：「不會吧！班中有個厲害的『手機達人』，真是我們小四丁班的光榮啊！」

　　眼見大家表現得雀躍，黃予思心裏冷

笑一下，就不再作出甚麼提示了，繼續對一切冷眼旁觀，然後靜靜等待事情出錯。

沒想到，黃予思一語成讖，錯失的後果來得那麼快！

一大清早，夏桑菊見高手氣鼓鼓的，更失常地拉了張君雅出去。他也走到黑板旁的廢紙簍，裝作要丟垃圾，實則是靠近課室門口，側耳聽見兩人的對話內容，就知大事不好了！

所以，他偷偷叫蔣秋彥先把張君雅帶到食物部去，他自己則把高手帶過去，希望可以好好解釋這一切。

夏桑菊代表眾同學，向高手正式道歉：
「小高，真抱歉，我們不知道你不想別人
說你的家事，我們沒惡意的啊！」

高手把事情懂明白過來，他也不是個
蠻不講理的人，大家根本不知道要對這事
守口如瓶，甚至主動地請教他關於手機的
各種事，他忽然覺得自己太衝動，也太慚
愧了。

高手說了出乎各人意
料的話：「你們知道我家
人開街檔，不覺得是個
笑話嗎？」

眾人聽不明白高手的話：

「笑話？甚麼笑話？」

高手遲疑幾秒才說：「也就是看不起我和我的家人啊！」

眾人表情嘩然：「我們為甚麼要看不起你和你的家人？」

高手高大得像棵樹，但這一刻卻感到自己軟弱得像樹下的一棵小草，他的聲音既不安又委屈：「我媽的檔子在深水埗，我的成長也在深水埗……但那一個地區是貧窮人口比例最高的地區，很多人看不起那個地方，也看不起那個地方的人。」

各同學一卜反應不來，倒是甚少開口的黃予思說話了：「看不起別人的人，總能

找到看不起別人的理由啊！就算你住在太平山頂，他們也會繼續看不起你，反問你一句：『你居然不是住在私人飛機上嗎？你真窮！』那你要怎辦？住上外太空嗎？要是你一直用他們看你的眼光過活，你無時無刻也會很痛苦吧！」

高手好像有滿心委屈，他聳了聳肩，對黃予思說：「你不會明白——」

黃予思直接打斷他的話：「不，我想我明白。我爸爸開茶餐廳，他每天清晨五時

就得回到店裏準備，每天早出晚歸，不夠員工時他還會親自跑去下廚，每天一身臭汗的

回家來，但我以自己的家人為榮，你呢？」

夏桑菊呆望着乳豬，給她嚇了一跳。她一向不是個多話的人，但這次她卻破例說了很多話，讓他很驚訝。

高手聽完黃予思的話，雙眼霍地紅起來，坦誠地說：「我爸爸在我一歲時便生病死去了，我對他可說全無印象。所以，我可以讀書，可以乘車，可以在小息買一枝汽水，可以開心健康地成長，那些錢都是我媽媽在街檔日曬雨淋，一元一元辛苦掙來的，我會永遠以自己的媽媽為榮。」

黃予思直率地說出結論：「那麼，一切皆不是笑話，甚至說不得笑的吧！所有人

都會尊重為生活而拚命奮進的人，這當然也包括我和我的家人、你和你的家人。」

各同學不約而同地用力點頭，有哪個家庭的爸爸媽媽不是在辛勤工作的呢？在座的各同學也感同身受。蔣秋彥用手抹了抹眼角，黃予思和高手的話也太感人了吧。

孔龍忽然說：「我老媽被她服務了廿年的公司裁員了，她很傷心啊，每天也把自己鎖在房間內，我們全家也很擔心她。」

夏桑菊重重嘆口氣說：「我的爺爺住院已超過半年了，每次去探望他，他的身體狀態愈來愈差，我們卻無能為力。」

叮蟹說：「我姐姐瘋狂收集小新的產

品，尤其熱愛小新露出屁股的東西，她該是瘋了吧？我每天回家，見到的都是小新的屁股……真的很可怕！我想離家出走啊！」

姜C説：「我爸爸愈來愈笨了，我想帶他看醫生，但又怕醫不好，白白浪費了藥費。」

蔣秋彥熱淚盈眶：「我的祖母近年患上失智症，很多次看着我，都會問：『你是誰？』我每次也只能對她微笑着解釋……但我很傷心……真的，傷心透了。」

高手默默聽着眾人訴心聲，人呆住了。在他的想像之中，當同學們發現他家的境況，他們可能會取笑、可能會同情。可是，

這兩個情況也沒有出現，大家有種「你有甚麼值得取笑和同情的？我比你還厲害哩！」的感受，更一一道出了自家遭遇的問題。

其實，高手一直覺得自己很孤獨，一直覺得沒一個人會明白他。但原來他並不特別，誰也有類似的經歷，誰也是千瘡百孔的，他卻怪異地覺得安心得多了。是的，他很糟糕，但原來大家也一樣糟糕。因此，高手好像得到了一種『品質認可』，給印上了可愛小黑豬的印章。

可是，當真相大白，他對一個人慚愧不已。他轉向坐在對座的張君雅，正想開口致歉，張君雅卻對他搖了搖頭，然後釋然一笑。

高手苦笑説：「為何我誤會了你，對你惡言相向，你卻不生氣？」

張君雅説：「因為，那終究只是一場誤會，我知道自己沒做錯甚麼，便可以理直氣壯。」

高手無地自容，感觸地説：「你個子小小的，心胸卻很寬闊！我長得很高，卻小器得很！」

這時，姜 C 忽然點頭稱是，插入一句：「這個我最同意不過了！我的狗狗 Anson 比起大家還要細小，但他有一顆天壇大佛似的心腸，每天都會把吃不完的狗糧，留給我一同分享呢！」

　　夏桑菊心裏非常納悶：「BB，不瞞你説，Anson 只是很不喜歡那個狗罐頭，你不如替他換另一個味道吧！」

　　眾人大笑起來。

　　高手心情輕鬆下來，他轉向孔龍問：「對啊，剛才聽到你説，有手機出故障嗎？」

　　孔龍説：「我老媽的手機出問題了，一直開不了機，她有很多舊照片在手機內，希望可得回！可是，我老是聽到新聞説，去手機店修理手機很危險，可能會給盜取資料，所以我才會拜託你吧！」

　　高手剛才聽見孔龍説母親失業的事，他決定不動聲息的伸出援手：「沒問題，我試

一下。但我修理手機的器材都在舖頭裏，你可以來深水埗一趟嗎？」

孔龍高興地說：「當然可以！我從未去過深水埗，你可以帶我四周逛逛嗎？」

提起自己的地頭，高手不禁興奮起來，「當然可以啊！我帶你吃盡深水埗的著名小食！」

就在這時候，在座的同學居然不約而同舉高手，聲音也很整齊：「我～們～也～要～報～名！」

高手眼見群情洶湧，他沒好氣笑：「好啦，既然報名人數踴躍，我決定擔任領隊，帶大家深水埗一日遊！」

第7章
深水埗一日遊

　　週六下午，高手遵守承諾，帶領小四丁班的同學遊覽深水埗。

　　為怕大家人生路不熟，高手請眾人在深水埗港鐵站內集合，他也真像個認真的領隊，一開始便對大家好意忠告：

> 各位團友，參觀深水埗第一件事，就是要小心銀包！請將重要財物放在衣服或手袋的內格，拿背囊的朋友也最好把背包反轉掛到胸前，以策安全。

眾人馬上行動，將銀包手機等放到安全的地方，提高警覺。高手續說下去：

　　「另外，我想分享一下自己平日的習慣，給大家作參考：每次去甚麼地方遊覽，我都會將那一天預計會用的錢先拿出來，那就不用每次付錢也掏銀包了。正所謂『財不可露眼』，小偷們有可能在附近盯着你的一舉一動，鎖定了財物的位置，再找機會下手！」

　　叮蟹抱着頭，悲痛地說：「為何這個地方那麼可怕？這是地球上最多小偷的邪惡之地嗎？」

　　張君雅正從銀包掏出了幾張紙幣，另

放在牛仔褲口袋裏備用，她告訴叮蟹：「沒有一個地方沒小偷的啊，不是深水埗的問題呀，你知道法國最著名的景點巴黎嗎？」

　　姜C相當興奮：「我知道巴黎鐵塔啊！我爸媽在家裏播了幾百次的《家有囍事》，周星馳最擅長的就是『巴黎鐵塔反轉再反轉』！」

　　大家會心微笑起來，夏桑菊覺得姜C真的十分幸福，他家裏播《家有囍事》上萬次了！

　　張君雅也笑了，她續説下去：「兩年前，我隨着爸媽去巴黎旅行，媽媽向我千叮萬囑：

『巴黎最出名的除了鐵塔，另外就是小偷了！你要小心保管財物！』話剛說完，我媽第二天去咖啡室買咖啡時，雙眼只離開了那個放在餐桌前、剛買來的名牌手袋的購物袋短短十秒而已，就給小偷快如閃電地偷走了！」

　　大家也給嚇傻，這真是當頭棒喝了吧？眾人終於明白「財不可露眼」的道理了！

　　各男生也把背囊放到胸前，唯獨姜C不肯這樣做，夏桑菊問他：「BB，你不把背囊放在身前，不怕被小偷偷光光嗎？」

　　姜C用一雙亮晶晶的眼睛回答：「我怕得要死啊！但身為帥哥首要條件就是帥，我寧願犧牲銀包了！」

夏桑菊不明所以:「把背囊放在身前,有甚麼不帥的?」

姜C便示範一次,把背囊翻過來放在胸前,羞羞地說:「我把背囊放在前面,簡直就像一個十月懷胎的母親!」

孔龍翻白眼問:「孩子幾大了?」

姜C甜蜜地笑:「咦,胎兒已有八個月大,很快可以生產了啦!」

眾人看姜C放到身前的背囊、背囊內裝的物件,正好擠在他的肚子位置,真有幾分像孕婦,大家忍俊不禁。

夏桑菊也學着姜 C 的語氣説：「咦，你的胎兒不止有八個月大，原來他更是鼎鼎大名的屁屁偵探呢！失敬失敬！」

　　大家看看姜 C 背囊上印着的屁屁偵探圖案，正好就在他肚子的正中央，使他看起來就像懷着個屁屁偵探一樣，再加上夏桑菊精闢的旁白，引得各人捧腹大笑起來。

　　高手領着眾人走出了通往兩大電子商場的「C1」出口，一邊介紹：

　　「每逢假日下午，深水埗都會很熱鬧，通往電腦商場的出口總是擠滿人，甚至會出現排隊上下樓梯的奇景，事實上，由於遊人之中不乏年老的長者，他們的行動比

較緩慢，所以請大家多多忍讓啦！」

眾人還以為高手誇大其詞，卻沒想到一繞到「C1」出口的樓梯，樓梯果真擠滿了上落的人，居然要慢慢排隊才可拾級而上，讓各人頻呼神奇。

走到深水埗最著名的高登電腦商場門前，高手向大夥兒導賞：

「深水埗有很多不同的面貌。平日來逛的，大多數是熱愛電子產品的男人。但一到假期，便會出現很多一家人逛街的畫面。因為這一區的消費比較廉宜，除了可飽嚐馳名的街頭小食，這幾年深水埗更開了很多非常漂亮的『打卡』咖啡室、

更有很多文藝小店，再加上很多屹立不倒多年的老字號，跟大商場經常見到的連鎖式商店大大不同，所以一家大細也逛得開心啊！」

然後，高手領着大家前往了有室內過山車和一個迷你溜冰場的『西九龍中心』逛了一圈；又去了一家叫「合益泰」品嘗便宜又滑溜的腸粉；又去一家百年老店「公和荳品」吃豆腐花、豆漿和煎釀豆朴；再走到　家叫「綠林甜品」品嘗楊枝甘露、栗子粒露和芝麻糊，讓大家吃得眉飛色舞。

　　高手笑着説他已準備了另外二十家便宜好吃的「美食名單」跟大家「掃街」，各人卻搖頭擺手，捧着肚皮説吃不消啦！於是，高手決定帶一眾同學前往媽媽的街檔看看，好讓大家先消化一下。

　　終於來到高手最熟悉、也最親切的鴨寮街了。他用帶有感情的聲線，向大家介紹這條不知已走過幾多遍的街道。

　　「鴨寮街是一條不用十五分鐘便可走完的街道，但這條街的內容可豐富了，除了藏着很多價廉味美的食肆，街道兩旁更有密密麻麻的鐵皮街檔，攤販發售的物件五花八門，都是一些民生用品和生活所需

品，例如衣褲鞋襪、飾物、五金、廚房用具、電子零件，也有店主售賣珍藏多年的唱片和二手書，希望可找到知音人……而我媽媽的排檔，主力販售跟手機和平板電腦相關的物品，例如收購二手手機，售賣手機殼，熒幕保護膜、充電電線等等。」

高手領着眾人走到「高記」攤位前，媽媽剛好送走了一對購買了外置充電器的情侶，她笑臉盈盈的迎接一眾小朋友，顯得很高興。

由於高手一早向媽媽提及今天帶團參觀的事，媽媽便一直期待着跟各位同學見

面了。高手愈是走近媽媽，他的心情愈激動，但當然裝作**不動聲色**的啦。

　　老實說，他從沒料到會有一天，可以光明正大的把媽媽介紹給同學們認識，但此刻看來，一切卻又來得那麼自然而順理成章。

　　走到舖頭前，高手替各人作介紹，他竟然覺得臉上熱燙燙的。媽媽看着這群小朋友，笑咪咪說：「小手從不肯讓我見見他的朋友，所以這天我特別開心，因為我知道他在學校內真的有着一大群好朋友呢！」

　　經常跟老人家打交道的蔣秋彥，比較

懂得討長輩開心，她笑着開口附和：「高媽媽，我們在學校裏會互相幫助和照應，你大可放心啦。」

高媽媽真正放心下來：「那太好了，我以後不用擔心小手了！」

姜C忽然瞅着高手説：「老實説，我反而擔心起來了！我決定由今天開始，要好好地防備你，不讓你接近我一步。」

大家也給姜C嚇傻，誰知道這個笨蛋下一句會説甚麼的啊，夏桑菊差點想掩着他口鼻，把他抓出深水埗範圍以外。

高手沒好氣的問姜C：「你為甚麼要防備我？我做錯了甚麼啊？」

　　姜 C 恍如解開謎底的神探説:「我剛從高媽媽口中得知你的小名是『小手』,所以,我要『提防小手』啊!」

　　姜 C 此話一出,大夥兒一同靜默兩秒,然後瘋狂爆笑起來,連高媽媽也笑出了眼淚。

　　高手真想追打姜 C,但他自己也笑得彎了腰。這個笨蛋腦袋裏好像藏着一個小宇宙,他的思考方式真叫人噴噴稱奇!

　　後來,高媽媽被大家勸服去休息一會,讓高手負責看舖。高手第一時間替孔龍處理那個無法開動的手機。在他檢查期間,有幾個顧客詢問貨品的價錢,高手説了一個金額,他們謝過便離開了。

夏桑菊實地觀察到了，不單止高手媽的攤檔，就算其他攤子也一樣，很多人問價後便離開，買的人很少。

夏桑菊對高手說：「想不到，白撞的人也有不少啊！」

高手一邊修理手機，一邊解答了夏桑菊的問題：「也不算白撞的啦，只因滿街都是販售手機配件的舖頭，大家都希望貨比三家，努力地格價，未到最後也不知花落誰家。一群檔主也早已習慣了望天打卦，不能強求的啦。我媽媽總是教我：『謀事在人，成事在天』，所以我也看開了。」

眾人恍然大悟，發現高手也有一種街頭智慧呢！

這一天陽光很好，就算檔子有鐵皮上蓋，但還是熱得汗流浹背，夏桑菊幾個同學親身體現到，這真是一份不容易的工作。

高手找出了孔龍媽媽的手機問題，是開關鍵接觸不良。他用上十分鐘就更換了零件，可正常開機了。

孔龍即場用那枚手機致電回家，他媽媽得知手機可順利開啟，手機內所有照片也沒遺失，覺得安慰不已。

最開心的當然是高手，每次順利替顧客解決了手機問題，他就會覺得這份工作

除了可賺錢，更充滿意義。

　　高手從掛架上拿下一個小新露出屁股的手機殼和掛繩，交給叮蟹：「聽到你想要小新的手機殼和掛繩，我特地叫媽媽入了小量貨，沒想到卻非常好賣，我要添新貨了哩，你姐姐的品味真好！」

　　叮蟹羞羞地笑了，人生中首次説了正面的話：「小新的屁股功不可沒！」

　　這時候，姜C居然在攤檔前替高手的檔子喊口號兜生意，大家也鬧哄哄的一一加入，好像一支啦啦隊，引起了路人的注意，讓舖頭多了幾單生意，高手對大家感激不盡。

　　後來，為了答謝眾人，高手請客吃雪糕。眾人坐在深水埗一個中型球場的看台前，吃着高手請的巨型三球雪糕，欣賞着球賽。

　　雖然這是個老舊的球場，但設計卻很好。在看台上近觀足球場，也可遠觀兩個面積較小的籃球場，觀眾們可一次過把三個場地的球賽一覽無遺。

　　時近黃昏，涼風送爽，半天的遊覽，令大家都對深水埗區加深了認識，也吃了

很多美食，非常開心。

夏桑菊問了藏在心裏很久的問題：「小高，你的高度很適合打籃球，為甚麼從不見你做運動的啊？」

大概已有一百人詢問過他這個問題了吧？每次高手都笑哈哈的帶過，但他這次決定老實回答。

「其實，我也很喜歡打籃球，但我已放棄了。」

體型健碩但個子不高的孔龍，用訝異的眼神看高手：「為甚麼放棄？你的身高有一定的優勢，在籃球比賽中該會取得佳績的啊！」

高手一臉無奈:「小時候,我也這樣想,每次跟同學打籃球,長得比別人高的我,射球成功的機會也很高,所以我每天往籃球場跑。但我愈來愈擔心,經常跑跑跳跳的我,只會加速『快高長大』。我現在已經不敢再碰籃球了,我不想再長高了,讓自己看起來像個科學怪人!」

眾人也張圓了嘴巴,高手的想法也太出人意表了吧?

夏桑菊老實地說:「你覺得自己像個『怪人』,但我們只覺得你像個『巨人』,羨慕也來不及呢!」

「你們總是以為很高大的我,一定也很高傲自大吧?不是的,我的身高令我很自卑啊!」在所有人面前,高手罕有地說出了埋藏在心裏的真實感受:「我只想把自己的身高停頓,然後等着大家變得跟我一樣高,那麼⋯⋯我一定會開心得多!」

大家心裏很是訝異,但總算把一切弄明白過來了。旁觀者和當事人的想法,竟有如此巨大的差異,原來大家一直誤會了高手。

　　高手一臉內疚地說：「說出來很慚愧，在此之前，我一直表現得不太合群，也不願跟任何人互動，你們一定也在忍受着我吧！」

　　夏桑菊咬着芒果雪糕球，用輕鬆的語氣說：「別太計較這些啦，我們是朋友啊！」

　　高手卻怔了半晌，反問着說：「朋友？我們是朋友？」

　　大家也很奇怪高手這種充滿懷疑的反應，異口同聲地說：「怎樣啦？」

　　高手揮一下手說：「沒甚麼，我從未試過有朋友。一下子多了幾個朋友，覺得很

奇怪吧了。」

　　眾人不懂回應。此
時，黃予思卻微笑着說：
「我總覺得啊——」

　　身為乳豬好友的夏桑菊，知道她這個
稍微停頓三秒鐘、刻意將一句分成上下的
句子，就是要準備說出本週金句了。

　　「交心過的人，就可稱為朋友。」

　　高手聽到了這話，默默地點頭表示明
白了。是的，自以為永遠不會有朋友的他，
不知不覺便擁有了一群朋友。

　　跟朋友們肩並肩坐在看台上，笑笑談
談的，他的心有着一陣陣和暖。

第8章
卸任班長的一天

週一早會時間，班主任方丈宣佈，明天會選出新任的男女班長。

最後一天擔任男班長的高手，忽然非常地不捨。午飯時間時，他跟張君雅如常捧着一大堆學校通告走上樓梯，他對張君雅說：「昨天帶大家參觀深水埗，特別要感謝妳。我沒想過，原來大家一點也不討厭我。我帶大家認識了深水埗，而大家也好像更認識我了。」

張君雅微笑：「只要你願意開放自己，人們就願意接納你。」

　　高手輕輕嘆口氣：「真想不到，我滿以為大家也會討厭我，原來，最討厭我的人，其實是我自己。這就是我經常覺得很不開心的原因了。」

　　「是啊，我也曾經把自己放大，讓自己很不快樂。」

　　高手滿以為張君雅只是安慰他罷了。性格開朗又主動的她，確實不像個有煩惱的人吧？

　　張君雅斜眼看看一臉不相信的高手，她便告訴他一個秘密：「小一時，發生了一

件事，令我不愛説話，不開心了好長的時間，我可不像現在般吱吱喳喳的啊！」

「發生甚麼事了？」

「有一個下雨天，我回到學校，正跟走廊上的同學打招呼，忽然腳下一滑，我跌了個四腳朝天，書包也甩開了幾呎，整個人坐在地板上。我非常狼狽的站起身來，同學們都跑過來問我有沒有受傷，我裝作若無其事的……但其實，我對這件事非常介懷，因為我在眾人面前丟盡了臉。」

高手大可想像到那個畫面，要是他遇上這事，大概也希望挖個地洞，把頭用力塞入去。

　　張君雅續説下去：「卻沒想到，有一次我舊事重提：那個下雨天我在走廊摔了一跤啦，哈哈哈哈哈……全部同學也莫名其妙地看着我，原來他們根本完全忘記這事啊！不，應該説，大家下一分鐘便忘掉了，我卻把這事無限地放大，我為此不開心了大半年，那真的毫無意義吧？」

　　高手卻用決斷的聲音説：「不，你的不開心，當然有意義，因為你真的受傷了。」

　　張君雅側着臉看他，高手也看她一眼説：「你有受傷，你的心受傷了。」

　　張君雅雙眼一紅：「真的啊，我有受傷。」

高手呼口氣，用輕鬆的語氣說：「所以囉，只要我們不拿起一個放大鏡，將一切小事放得老大，自然而然就會快樂得多了吧！」

張君雅用力點頭：「謝謝你，小高！」她忽然想到甚麼惹笑的：「抑或，我以後要喊你小手？」

高手真沒好氣：「沒關係啦，你喊我小高、小手、高手，我還是會回應的啦。」

「你不再討厭自己名字了嗎？」

「不會了，因為我想清楚了，我的名字可不是我自己的。」

「咦？」

「我的名字，該是我爸媽想了很久很久，最後決定要送給我的一份禮物。」高手努力回憶起彼此相處極其短暫的爸爸，他溫暖一笑：「這可是長伴着我一生一世的禮物啊。」

　　張君雅聽得鼻酸：「真的啊，我們的名字，就是爸爸媽媽送給我們的第一份禮物。」

　　回到課室，當高手和張君雅把六大疊不同的學校通告分門別類，正忙得不可開交，課室門前突然傳來一把急促又慌張的聲音，向丁班同學大聲地查詢：

「我用來上 Meet 課程的平板電腦入水了，聽説這裏有個同學懂得修理⋯⋯他的名字好像叫高手？請問，誰是高手？」

正在低頭整理着通告的張君雅，抬起眼偷看一下正背向課室門口的高手，只見高手本來木無表情的臉上，牽起了一個沾沾自喜的偷笑，然後轉過頭向那個氣急敗壞的男生，用輕鬆但有溫度的回應：

「我是高手！」

張君雅看着高手跑出課室，看看有甚
麼可幫得上男生，她開心笑起來了。

姜老 C 中文教室

鶴立雞群： 站在雞群中的鶴會很突出。借以比喻人的才能超群，並不平凡。

囂　張： 態度放肆傲慢。

虛有其表： 只有華麗的外表，但沒有實質的內涵。

自怨自艾： 為自己所犯的錯誤自責和悔恨。

據理力爭： 根據道理，竭力維護自己一方的權益和觀點。

獨行獨斷： 只跟隨自己的意思行事，不考慮別人的意見。

耳目一新： 所見所聞都有一種非常新奇與清新的感覺。

俯拾皆是： 數量多到周圍都是，只要彎下身去撿拾便隨手可得。

責無旁貸： 推卸。意思是自己應盡的責任，就不能推卸給別人。

冤家路窄： 在狹小的路上與仇人或不願見到的人相遇，躲避不了。

弱不禁風： 身體極虛弱，連風吹都禁不住。

氣　餒： 形容灰心、洩氣、喪失鬥志，失去勇氣和信心。

不瞅不睬： 不看一眼也不答話，待人態度冷淡。

所言非虛： 所説的話都是真的，不是假的啊！

甘拜下風： 因某人技藝超凡，令人打從心裏佩服。

徹頭徹尾： 從頭到尾，完完全全。

滾瓜爛熟： 滾落在地上的瓜，當然都是熟透了的。所以它比喻對某事極為純熟流利。

過目不忘： 記憶力超強，看過後就絕不會忘記。

平心而論： 平心靜氣地給予客觀的評價。

幸災樂禍： 見人有難而引以為樂。

古裏古怪： 性情奇特，令人捉摸不定。

忍俊不禁： 忍不住的笑了出來。

一語成讖： 本來只是一句無心的戲言，竟然變成不吉利的預言且應驗了。

千瘡百孔： 損傷、破壞極為嚴重，有許多的瘡口或洞孔。

無地自容： 羞愧至極，就如沒地方可以藏身般。

不動聲色： 形容行事沉着鎮定，一聲不響，也不流露感情，喜怒不形於色。

嘖嘖稱奇： **嘖嘖**，讚嘆的聲音。意思是：讚嘆事物的美好奇妙。

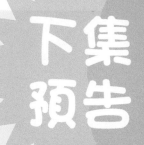

下集預告

群英小學小四丁班的班主任，名字叫方丈，是新來任教的數學老師。他對學生既嚴謹又鐵面無私，最愛把同學罰出課室外罰站，在校內有「麻辣教師」的稱號。同學們都說：「別得罪方丈！」。到底，這個神秘的老師，有甚麼不為人知的故事？

即 將 轟 動 上 市 ， 敬 請 密 切 期 待 ！

書　　名	反斗群英10：深水埗王子
作　　者	梁望峯
繪　　者	Dawn Kwok
責任編輯	王穎嫻
美術編輯	郭　當
協　　力	林碧琪　Key
出　　版	小天地出版社（天地圖書附屬公司）
	香港黃竹坑道46號新興工業大廈11樓（總寫字樓）
	電話：2528 3671　傳真：2865 2609
	香港灣仔莊士敦道30號地庫（門市部）
	電話：2865 0708　傳真：2861 1541
印　　刷	點創意（香港）有限公司
	新界葵涌葵榮路40-44號任合興工業大廈3樓B室
	電話：2614 5617　傳真：2614 5627
發　　行	聯合新零售（香港）有限公司
	香港新界荃灣德士古道220-248號荃灣工業中心16樓
	電話：2150 2100　傳真：2407 3062
出版日期	2024年7月初版・香港